D. H. LAWRENCE
DER MANN,
DER INSELN LIEBTE

Aus dem Englischen von
Manfred Allié

Mit einem Nachwort von
Thierry Gillybœuf

K
A
M
P
A

Das englische Original erschien erstmals 1927 unter dem Titel
The Man Who Loved Islands in der Zeitschrift *The Dial*
und im Folgejahr im Erzählband *The Woman Who Rode Away
and Other Stories* im Verlag Alfred A. Knopf, New York.

Für den Blick hinter die Verlagskulissen:
www.kampaverlag.ch/newsletter

KAMPA POCKET
DIE ERSTE KLIMANEUTRALE TASCHENBUCHREIHE
Gedruckt auf säurefreiem und chlorfrei gebleichtem
Papier aus verantwortungsvollen Quellen, zertifiziert
durch das Forest Stewardship Council. Der Umschlag
enthält kein Plastik. Kampa Pockets werden klima-
neutral gedruckt, kampaverlag.ch/nachhaltig informiert
über das unterstützte CO_2-Kompensationsprojekt.

Veröffentlicht im November 2022 als Kampa Pocket
Für die deutschsprachige Ausgabe
Copyright © 2021 by Kampa Verlag AG, Zürich
Für das Nachwort
Copyright © 2016 by Éditions de l'Arbre vengeur, Bordeaux
Covergestaltung: Lara Flues, Kampa Verlag
Covermotiv: © Stephan Schmitz
Satz: Herr K | Jan Kermes, Leipzig
Gesetzt aus der Stempel Garamond LT / 210230
Druck und Bindung: GGP Media GmbH, Pößneck
Auch als E-Book erhältlich
ISBN 978 3 311 15025 1

www.kampaverlag.ch

Die erste Insel

Es war einmal ein Mann, der liebte Inseln. Er war auf einer geboren, aber die gefiel ihm nicht, denn es wohnten zu viele andere dort. Er wollte eine Insel ganz für sich – nicht unbedingt um in Einsamkeit dort zu leben, aber um sie zu seiner eigenen Welt zu machen, einer Welt für sich.

Wenn eine Insel eine bestimmte Größe überschreitet, dann ist sie nicht besser als jedes Festland. Sie muss recht klein sein, erst dann fühlt sie sich auch wie eine Insel an; und am Ende dieser Geschichte wird man sehen, wie winzig klein sie sein muss, bevor ein Mensch glauben kann, er könne sie ganz mit seiner eigenen Persönlichkeit erfüllen.

Nun ergab es sich, dass dieser Inselliebhaber, inzwischen fünfunddreißig Jahre alt, tatsächlich eine Insel erwarb. Es war zwar kein Grundbesitz, aber er hatte sie auf neunundneunzig Jahre gepachtet, und das ist doch, wenn es einen Mann und eine Insel anbetrifft, schon beinahe ewig. Denn wenn ein Mann vom Schlage Abrahams ist und will, dass seine Nachkommen zahlreich sind wie der Sand am Ufer des Meeres, dann gründet er seine Familie nicht auf einer Insel. Nicht lange, und es würde Übervölkerung herrschen; Gedränge, Slums würden entstehen. Und das ist ein grässlicher Gedanke für jemanden, der eine Insel ihrer Einsamkeit wegen liebt. Nein, eine Insel ist ein Nest mit nur einem Ei darin, einem einzigen. Und dieses Ei ist der Inselbewohner selbst.

Die Insel, die unser zukünftiger Insulaner erworben hatte, lag nicht in den Weiten des Ozeans. Sie lag ganz nah bei seinem Zuhause, keine Palmen, kein Tosen der Brandung auf dem Riff, überhaupt nichts in dieser Art, aber ein gutes, solides Wohnhaus, recht düster, oberhalb des Bootsanlegers, und weiter im Inneren ein kleines Bauernhaus mit Nebengebäuden und einigen Feldern ringsum. Unten an der schmalen Hafenbucht standen in einer Reihe drei Häuschen, wie die Küstenwache sie früher gern baute, sehr hübsch und weiß gestrichen.

Was hätte gemütlicher und anheimelnder sein können? Es waren vier Meilen, wenn man die Insel einmal ganz umrundete, durch Stechginster und Schlehdorn, oben über die steilen Felsenklippen und hinunter zu den Lichtungen mit den Schlüsselblumen. Wenn man quer hindurch über die Buckel der zwei kleinen Hügel wanderte, über die steinigen Wiesen, wo wiederkäuend die Kühe lagerten, durch das recht spärliche Haferfeld und wieder hinaus in den Ginster und immer so weiter bis an die Kante des niedrigen Kliffs, brauchte man nur zwanzig Minuten. Und wenn man an dieser Kante ankam, sah man eine weitere, größere Insel in der Ferne liegen. Doch zwischen dieser und der anderen Insel lag die See. Und wenn man dann über die Wiese wieder zurückkehrte, wo einen die kräftigen Butterblumen des Hügellands grüßten, sah man im Osten noch eine Insel, winzig diesmal, als wäre sie das Kalb zu dieser Kuh. Und auch diese winzige Insel gehörte dem Insulaner.

Es scheint also, sogar Inseln haben gern Gesellschaft.

Unser Bewohner liebte seine Insel sehr. Zu Frühlingsbeginn waren die schmalen Pfade und die kleinen Waldwiesen ein Schnee aus Schlehdornblüten, ein flirrendes Weiß inmitten der keltischen Stille des dichten Grüns und der grauen Felsen; Amseln riefen aus diesem Meer weißer Blüten ihr erstes langes, triumphierendes Lied. Nach dem Schlehdorn, den Schlüsselblumen, die sich an den Boden schmiegten, erschienen blau die Hyazinthen, wie Elfenseen, wehende blaue Laken zwischen den Büschen und unter den Bäumen. Und viele Vögel, in deren Nester man schauen konnte, wenn die Insel einem ganz allein gehörte. Was für ein Wunder, wie großartig war diese Welt!

Dann kam der Sommer, die Schlüsselblumen

waren verblüht, Heckenrosen verströmten ihren leisen Duft im Dunst. Auf der Wiese wurde Heu gemacht, und der Fingerhut stand dabei und schaute zu. In einer kleinen Bucht lag Sonne auf dem hellen Granit, dort wo man badete, und Schatten auf den Felsen. Schon stahl der Nebel sich herbei, und man ging zwischen reifendem Hafer nach Hause; das Gleißen der See verlor sich in der hohen Luft, und von der anderen Insel kam das Muhen des Nebelhorns. Und dann verschwand der Nebel, der vom Meer aufstieg, wieder, es wurde Herbst, die Halme des Hafers lagen gebündelt; riesig, auch er eine Insel, erhob sich golden der Mond aus dem Meer und tauchte, wenn er höher stieg, die Wasserwelt in Weiß.

So endete der Herbst mit Regen, und der Winter kam, finsterer Himmel, Feuchtigkeit und Regen, doch selten Frost. Die Insel, die eigene Insel, duckte sich düster, sie entzog sich. Man spürte unten in den feuchten, finsteren Niederungen den Geist des Beharrens, zusammengerollt wie ein nasser, knurriger Hund oder wie eine Schlange, weder wach noch schlafend. In der Nacht dann, wenn der Wind nicht mehr in Stürmen und Stößen wehte wie auf See, da spürte man, dass diese Insel ein Universum war, so alt und grenzenlos wie das Dunkel, gar keine Insel, sondern eine unendliche dunkle Welt, wo all die Seelen all der Nächte aller Zeiten weiterlebten, und die unendliche Ferne war nah.

Seltsam, wie man von dieser kleinen Insel im Raum in die dunkle, weite Sphäre der Zeit gekommen war, wo all die unsterblichen Seelen überallhin kreuz und quer unterwegs sind, mit allerlei Dingen beschäftigt. Die kleine irdische Insel ist, ein bloßes Sprungbrett, zu Nichts geschwunden, und gesprungen ist man, man weiß nicht wie, in das dunkle, große Geheimnis der Zeit, wo die Vergangenheit voller Leben ist und die Zukunft nicht von allem anderen geschieden.

Das ist die Gefahr dabei, wenn man zum Inselbewohner wird. Solange man in der Großstadt unterwegs ist, Hundedeckchen über den Schuhen, solange man darauf achten muss, dem Straßenverkehr zu entkommen, immer mit der Todesfurcht im Nacken, bleibt man gefeit gegen die Unendlichkeit der Zeit. Dann ist der Augenblick unsere Insel in der Zeit, und es ist das Universum des Raumes, das um uns wogt.

Sitzt man aber erst einmal für sich allein auf einer kleinen Insel im Meer des Raumes, wo der Augenblick zu atmen beginnt, sich auszuweiten in großen Kreisen, dann verschwindet der feste Boden unter den Füßen, und unsere glitschige, nackte, finstere Seele findet sich in der zeitlosen Welt wieder, wo die Triumphwagen der Totgesagten die alten Straßen der Jahrhunderte hinauf- und wieder hinunterpreschen, und die Seelen drängen sich auf den Fußwegen, die wir, im Augenblick gefangen, vergangene Jahre nennen. Die Seelen sämtlicher Toten sind wieder lebendig, sie pulsieren munter um uns her. Jetzt sind wir draußen in der anderen Unendlichkeit.

Etwas in dieser Art ging mit unserem Insulaner vor. Geheimnisvolle »Empfindungen« stellten sich ein, Gefühle, an die er nicht gewohnt war; er spürte die Gegenwart früherer, längst verstorbener Menschen und anderes mehr; Männer aus Gallien, mit gewaltigen Schnurrbärten, die einmal auf seiner Insel gelebt hatten und von dem Erdboden verschwunden waren, doch nicht aus der Nachtluft. Sie waren noch immer da, hievten ihre massigen, ungestümen, ungesehenen Leiber durch die Nacht. Und es gab Priester mit goldenen Sicheln und Mistelzweigen; dann andere Priester mit einem Kruzifix; dann Piraten, Mörder zur See.

Unser Inselbewohner wurde unruhig. Bei Tage glaubte er von all diesem Unsinn nichts. Aber bei Nacht war es einfach so. Er hatte sich selbst auf einen einzigen Punkt im Raum verkleinert, und da ein Punkt nun einmal weder Länge noch Breite hat, führte sein nächster Schritt von da zwangsläufig anderswohin. So wie man einen Schritt ins Meer machen muss, wenn das Wasser einem den Boden unter den Füßen fortspült, so musste er bei Nacht in jene andere Welt eintreten, in der die Zeit keinen Tod kannte.

Es war unheimlich, wie deutlich er, wenn er im Dunkeln dort lag, spürte, dass der Schlehdornhain, selbst im Reich von Raum und Tag immer ein wenig gespenstisch, bei Nacht der laute Ruf alter Männer einer unsichtbaren Rasse war, die sich rings um den Opferstein versammelten. Was bei Tage eine Ruine unter den Hainbuchen war, wurde in der Unaussprechlichkeit der Nacht zum Stöhnen blutüberströmter Priester mit ihren Kruzifixen. Was eine Höhle war, ein verborgener Strand zwischen schroffen Felsen, war in der undurchdringlichen Schwärze ein Fluch von scharlachroten Piratenlippen.

Um dieser Art von Bewusstsein zu entrinnen, konzentrierte sich unser Bewohner bei Tage auf das materiell Greifbare der Insel. Warum sollte es denn nicht doch noch die Insel der Glückseligen werden? Warum nicht die letzte, kleinste

Insel der Hesperiden, der vollkommene Ort, ganz erfüllt von seinem eigenen freundlichen Geist, einem Geist wie einer Blüte? Eine winzige Welt schierer Vollkommenheit, menschengemacht, von ihm selbst gemacht.

Er fing an, wie wir alle anfangen, wenn wir das Paradies zurückerobern wollen, nämlich damit, dass er Geld ausgab. Das alte, halb herrschaftliche Gutshaus richtete er her, ließ mehr Licht hinein, bedeckte die Böden mit hübschen, hellen Teppichen, hängte an den düsteren Fenstern helle Vorhänge mit Blütenmuster auf, füllte den Felsenkeller mit Wein. Er brachte aus der Welt eine dralle Haushälterin mit und einen sanften, äußerst gewandten Butler. Auch sie sollten Inselbewohner sein.

Ins Bauernhaus steckte er einen Verwalter mit zwei Hilfsburschen. Jerseykühe grasten zwischen den Ginsterbüschen, und ihre Glocken klimperten gemächlich. Mittags wurde zu Tisch gerufen, am Abend, wenn Ruhe einkehrte, rauchten friedlich die Schornsteine.

Ein schmuckes Segelboot mit Motor schaukelte im Schutze der Bucht, gerade unterhalb der drei Häuschen. Es gab auch eine kleine Jolle, und zwei Ruderboote waren auf den Sand gezogen. Ein Fischernetz trocknete auf Stäben, eine Bootsladung frischer weißer Bohlen war kreuzweise geschichtet, eine Frau ging eben mit einem Eimer zum Brunnen.

Im hintersten Häuschen wohnte der Skipper der Yacht mit Frau und Sohn. Er stammte von der anderen, großen Insel, er kannte sich aus auf diesem Meer. An jedem schönen Tag fuhr er mit seinem Sohn zum Fischen aus, an jedem schönen Tag gab es auf der Insel frischen Fisch.

Im mittleren Häuschen wohnte ein altes Ehepaar, einander schon ewig verbunden. Der alte Mann war Zimmermann und erledigte alle erdenklichen Aufgaben. Er war immer bei der Arbeit, immer hörte man seine Säge oder seinen Hobel – er verlor sich ganz in seine Arbeit, seine eigene Insel.

Der Bewohner des dritten Häuschens war der

Maurer, ein Witwer mit einem Sohn und zwei Töchtern. Zusammen mit seinem Jungen hob dieser Mann Gräben aus und errichtete Zäune, mauerte Stützpfeiler oder einen neuen Anbau und schlug Stein in dem kleinen Steinbruch. Seine Töchter arbeiteten im Gutshaus.

Es war eine stille, geschäftige kleine Welt. Wenn man als Gast des Insulaners herüberkam, lernte man als Erstes den schwarzbärtigen, hageren, lächelnden Skipper kennen, Arnold, dann Charles, seinen Sohn. Im Hause wurde man von dem gewandten Butler bedient, der viel in der Welt umhergekommen war und jenes eigentümliche, entwaffnende, samtigweiche Klima des Luxus zu schaffen verstand, wie es nur ein perfekter Diener zustande bringt, einer, dem man nie ganz trauen kann. Er entwaffnete einen, und so kam man in seine Gewalt. Die dralle Haushälterin lächelte und behandelte den Gast mit jener feinfühlig respektvollen Vertraulichkeit, die man nur den wahrhaft Vornehmen erweist. Und das rotbackige Dienstmädchen bestaunte einen wie ein Wunder, weil man doch aus der großen Welt draußen kam. Als Nächstes lernte der Gast den Verwalter kennen, freundlich, doch stets auf der Hut, ein Mann aus Cornwall, und den schüchternen Hilfsburschen aus Berkshire, mit seiner adretten Frau und zwei kleinen Kindern, dann den zweiten, reichlich mürrischen aus Suffolk. Der Maurer, der aus Kent kam, war draußen auf dem Hof gern zu einem Schwätzchen bereit, wenn man ihn ließ. Nur der alte Zimmermann war schroff und mit anderem beschäftigt.

Es war also eine kleine Welt ganz für sich, alle fühlten sich sehr geborgen darin und waren ausgesprochen freundlich zu den Besuchern, sodass man sich als etwas ganz Besonderes fühlte. Aber es war nicht die Welt des Besuchers, sondern die des Insulaners. Er war der Herr. Das ganz besondere Lächeln, die besondere Aufmerksamkeit galten dem Herrn. Alle wussten, wie gut sie es getroffen hatten. Und so war der Insulaner nun nicht mehr Mr Soundso. Für alle auf der Insel, auch für die Besucher, war er »der Herr«.

Ja, es war ideal. Der Herr war kein Tyrann. Ganz und gar nicht! Er war ein feinfühliger, aufmerksamer, großzügiger Herr, der sich wünschte, dass alles vollkommen sei und jedermann glücklich. Und er selbst wollte natürlich der Quell all dieses Glücks und dieser Vollkommenheit sein.

Und er war auf seine Weise ein Dichter. Er behandelte seine Gäste fürstlich, seine Dienerschaft großzügig. All das tat er mit Geschick und großer Klugheit. Er kehrte gegenüber seinen Leuten nie den Gutsherrn heraus. Und doch behielt er alles im Auge, wie ein kluger junger Hermes mit seinen blauen Augen. Und es war verblüffend, über welches Maß an Wissen er verfügte. Verblüffend, was er über Jerseykühe wusste, über Käseherstellung, das Anlegen von Gräben und Zäunen, über Schiffe und über das Segeln. Er konnte Auskunft geben zu jeder Frage, und diese Auskünfte gab er seinen Leuten auf eine kuriose, halb ironische, halb hochfliegende Art, so als gehöre er tatsächlich zu der seltsamen, halb wirklichen Welt der Götter.

Den Hut in der Hand hörten sie ihm zu. Er trug gern weiße Kleider, oder cremefarbene, und Mäntel, breitkrempige Hüte. Bei schönem Wetter war es also für den Verwalter ein vertrauter Anblick, wenn die hohe, elegante Gestalt im cremefarbenen Sergeanzug über die Felder geschwebt kam wie ein Vogel, um zu schauen, wie es mit dem Unkrautjäten bei den Rüben voranging. Dann wurden Hüte gezogen, man hörte wunderliche, kluge, geistreiche Reden, auf die der Verwalter bewundernswerte Erwiderungen parat hatte, und die Hilfsburschen lauschten still und staunend, auf ihre Hacke gestützt. Der Verwalter wurde geradezu zärtlich, wenn er mit dem Gutsherrn sprach.

Oder er stand an einem windigen Morgen mit wehendem Mantel im salzigen Seewind, am Rand des Grabens, mit dem ein kleiner Sumpf trockengelegt wurde, wo er im Ansturm des

Winds mit dem Mann unten bei der Arbeit redete, der gleichmütig, mit unergründlichem Blick, zu ihm aufsah. Oder man erblickte ihn, wie er an einem regnerischen Abend über den Hof huschte, die breite Hutkrempe tief hinabgezogen. Dann rief die Bauersfrau eilig: »Der Herr! Steh auf, John, mach ihm Platz auf dem Sofa.« Und wenn die Tür sich einen Spaltbreit öffnete: »Was sagt man dazu, der Herr kommt uns besuchen! An so einem Abend machen Sie sich auf, um Leute wie uns zu besuchen?« Der Verwalter nahm ihm den Mantel ab, die Bauersfrau den Hut, die beiden Burschen rückten mit ihren Stühlen zurück, er setzte sich aufs Sofa und zog ein Kind zu sich heran. Er sei großartig im Umgang mit Kindern, rede mit ihnen ganz großartig, man denke ja an unseren Heiland höchstpersönlich, sagte die Frau.

Immer wurde er mit einem Lächeln begrüßt, immer mit derselben eigentümlichen Demut, als wäre er ein höheres, aber auch zerbrechlicheres Wesen. Sie gingen, könnte man sagen, beinahe zärtlich mit ihm um, beinahe schmeichlerisch. Aber wenn er wieder fort war oder wenn sie über ihn sprachen, stand auf ihren Gesichtern oft ein leises, spöttisches Lächeln. Vor »dem Herrn« musste man keine Angst haben. Den ließ man am besten einfach gewähren. Nur der alte Zimmermann war bisweilen tatsächlich unfreundlich zu ihm; deshalb mochte er den alten Mann auch nicht.

Man muss zweifeln, ob überhaupt einer von ihnen ihn wirklich gern hatte, von Mann zu Mann oder auch von Frau zu Mann. Aber ebenso muss man bezweifeln, ob er wirklich einen von ihnen gern hatte, von Mann zu Mann oder Mann zu Frau. Er wollte, dass sie glücklich waren, er wollte Vollkommenheit für seine kleine Welt. Aber jeder, der sich die Welt vollkommen wünscht, muss sich vor echten Vorlieben oder Abneigungen hüten. Ein allgemeines, unbestimmtes Wohlwollen, mehr kann er sich in so einem Fall nicht leisten.

Doch traurige Tatsache ist, dass allgemeines

Wohlwollen immer ein klein wenig als Kränkung empfunden wird, einfach weil es allgemein ist; und so entsteht eine besondere Art von Gehässigkeit daraus. Allgemeines Wohlwollen muss also eine Form von Egoismus sein, denn sonst käme nicht so etwas dabei heraus!

Allerdings hatte unser Insulaner seine eigenen Ressourcen. Viele Stunden verbrachte er in seiner Bibliothek, denn er stellte ein Nachschlagewerk zusammen, das sämtliche bei den griechischen und lateinischen Autoren erwähnten Pflanzennamen verzeichnen sollte. Nicht dass er Altphilologe gewesen wäre; er wusste nur das, was man auf der höheren Schule lernte. Aber heutzutage gibt es so ausgezeichnete Übersetzungen. Und es war so ein Vergnügen, Blume um Blume ausfindig zu machen, wie sie in der Antike einst blühten.

So verging das erste Inseljahr. Eine Menge war getan worden. Jetzt kam eine Flut von Rechnungen, und der Herr, stets gewissenhaft, machte sich daran, sie zu studieren. Dieses Studium ließ ihn bleich zurück, er musste um Atem ringen. Er war kein reicher Mann. Er wusste, dass er einen großen Teil seines Kapitals hergegeben hatte, um die Wirtschaft der Insel in Gang zu bringen. Wenn er aber nun genauer hinschaute, sah er, dass außer diesem Loch, das er in seine Geldvorräte gerissen hatte, kaum noch etwas da war. Tausende und Abertausende von Pfund hatte die Insel verschlungen, und nichts blieb davon zurück.

Aber jetzt mussten doch die größten Ausgaben getan sein! Zweifellos würde sich die Insel von jetzt an selbst tragen, auch wenn sie keinen Profit abwarf! Er war über den Berg, das konnte gar nicht anders sein. Er bezahlte einen Gutteil der Rechnungen und schöpfte ein wenig Mut. Aber es war doch ein Schrecken gewesen, und im nächsten Jahr, im kommenden Jahr, mussten sie besser wirtschaften, mussten sie sparsamer sein. Das sagte er seinen Leuten auch, in einfachen und rührenden Worten. Und sie antworteten:

»Aber ja! Versteht sich!«

Da saß er also, während draußen der Wind blies und der Regen prasselte, mit dem Verwalter bei einer Pfeife und einem Krug Bier in seiner Bibliothek und besprach mit ihm die Pläne für den Bauernhof. Er hob sein schmales, ansehnliches Gesicht, und die blauen Augen nahmen einen verträumten Ausdruck an. »Was für ein Wind das ist!« Er toste wie Kanonendonner. In Gedanken sah er seine Insel, wie gegen das Ufer der Schaum peitschte, jede Landung war unmöglich, und diese Vorstellung machte ihn glücklich ... Nein, er durfte sie nicht verlieren. Mit dem Schwung neuer Energie wandte er sich wieder den landwirtschaftlichen Unternehmungen zu, seine Hände waren ständig in Bewegung, und der Verwalter versicherte ihm: »Ja, Sir! Genau, Sir! Da haben Sie recht, Herr!«

Aber in Wirklichkeit hörte der Mann kaum zu. Er schaute das blaue Sommerhemd des Herrn an, die kuriose rosa Krawatte mit dem flammendroten Stein, die emaillierten Manschettenknöpfe und den Ring mit dem seltsamen Skarabäus. Die braunen forschenden Augen dieses erdverbundenen Mannes wanderten mehrfach über die makellose, vornehme Gestalt des Herrn, mit einem bedächtigen Staunen, als nehme er Maß. Aber wenn er dem Herrn dabei in die strahlenden, begeisterten Augen schaute, leuchtete in seinen eigenen eine verhaltene Herzlichkeit und Demut auf, und er senkte den Kopf ein klein wenig.

So entschieden sie gemeinsam, welche Getreide gesät werden sollten, welche Dünger man wo verwenden wollte, welche Schweinerasse eingeführt werden sollte, welche Truthühner. Anders gesagt, der Verwalter hielt sich, indem er in allem vorsichtig dem Herrn zustimmte, heraus und ließ dem jungen Mann seinen Willen.

Der Herr wusste, wovon er redete. Er hatte ein Talent, bei jedem Buch, das er las, das Wesentliche zu erkennen, und wendete sein Wissen auch an. Alles in allem waren seine Vorstellungen vernünftig. Und der Verwalter wusste das auch. Aber seine Begeisterung teilte der erdverbundene Mann nicht. In den braunen Augen stand das herzlich demütige Lächeln, doch die Lippen blieben zusammengekniffen. Der Herr schürzte die seinen ausdrucksvoll wie ein Junge, wenn er mit viel Geschick dem anderen seine Ideen beschrieb, und der Verwalter sandte bewundernde Blicke, aber mit dem Herzen war er nicht dabei, er beobachtete den Herrn lediglich, wie er ein seltsames, fremdartiges Tier beobachtet hätte, ohne jedes Mitgefühl, so als gehe es ihn nichts an.

Dann war alles entschieden, und der Herr läutete nach Elvery, dem Butler, und bestellte ein Sandwich. Er, der Herr, war zufrieden. Der Butler sah das und kehrte mit Anchovis- und Schinkensandwiches zurück und einer frisch geöffneten Flasche Wermut. Eine frisch geöffnete Flasche gab es immer.

Genauso ging es mit dem Maurer. Der Herr

und er besprachen das Trockenlegen eines Stücks Land, und weitere Röhren wurden bestellt, mehr von einer bestimmten Sorte Backstein, mehr von diesem und von jenem.

Endlich stellte sich schönes Wetter ein, es ergab sich eine gewisse Flaute in den anstrengenden Arbeiten auf der Insel. Der Herr machte einen kleinen Ausflug mit seiner Yacht. Eigentlich war es keine Yacht, nur eine besonders hübsche Jolle. Sie segelten an der Festlandküste entlang und legten in den Häfen an. In jedem Hafen kam ein Freund an Bord, der Butler servierte elegante kleine Mahlzeiten in der Kajüte. Im Gegenzug lud man den Herrn in Villen ein, in Hotels, seine Leute brachten ihn an Land wie einen Fürsten.

Und ach, als wie teuer erwies all das sich! Er musste telegrafisch Geld von seiner Bank kommen lassen. Und er fuhr wieder nach Hause, um zu sparen.

Die Dotterblumen waren eine Pracht in dem Stückchen Sumpf, das er trockenlegen wollte.

Jetzt bedauerte er beinahe das begonnene Werk, denn die gelben Schönheiten würden nicht noch einmal blühen.

Der Herbst kam, eine reiche Ernte. Da musste es ein Erntedankfest geben. Die große Scheune war jetzt vollständig wiederhergerichtet und erweitert. Die langen Tische hatte der Zimmermann gebaut. Von den hohen Dachbalken hingen Laternen. Die gesamte Einwohnerschaft war versammelt. Der Verwalter hatte den Vorsitz. Es war eine fröhliche Versammlung.

Gegen Ende des Festmahls gesellte der Herr, in einer samtenen Jacke, sich zu seinen Gästen. Daraufhin erhob der Verwalter sich und brachte einen Trinkspruch aus: »Auf den Gutsherrn! Ein langes und gesundes Leben unserem Herrn und Meister!« Alle tranken begeistert, unter Beifallsrufen, auf sein Wohl. Der Herr antwortete darauf mit einer kurzen Ansprache: Sie seien ja auf der Insel eine kleine Welt für sich. Auf sie alle komme es an, wenn sie aus dieser kleinen Welt eine Welt wahren Glücks und echter Zufriedenheit machen wollten. Jeder müsse seinen Beitrag leisten. Er selbst, wolle er hoffen, tue, was er könne, denn sein Herz gehöre seiner Insel, und den Menschen auf seiner Insel.

Darauf erwiderte der Butler: Solange die Insel einen solchen Herrn habe, könne sie gar nichts anderes sein als der Himmel auf Erden für die Menschen, die dort lebten. – Beherzt stimmten Verwalter und Maurer ihm zu, der Skipper war selig vor Glück. Danach wurde getanzt, und der alte Zimmermann spielte die Geige.

Und doch, die Dinge standen nicht zum Besten. Schon am nächsten Morgen kam der Junge vom Bauernhof und meldete, eine Kuh sei über die Klippe gestürzt. Der Herr ging hin und besah sich das Unglück. Er spähte über den nicht allzu hohen Abhang und sah, wie sie tot dort unten lag, auf einem grünen Grat unterhalb von spät blühendem Ginster. Ein schönes, wertvolles Geschöpf, und nun sah sie schon aufgedunsen aus. Aber was war sie so dumm gewesen, so ohne allen Grund hinunterzufallen!

Er musste mehrere Männer zusammenholen, die sie nach oben hievten. Und dann musste sie gehäutet und begraben werden. Niemand wollte das Fleisch essen. Wie abstoßend das alles war!

Es stand als Sinnbild für die ganze Insel. Man konnte sicher sein: Sobald sich in den Herzen der Bewohner eine Spur von Freude zeigte, schlug boshaft eine unsichtbare Hand aus dem Verborgenen zu. Es durfte kein Glück geben, nicht einmal einen stillen Frieden. Ein Mann brach sich ein Bein, ein anderer konnte sich vor Rheuma kaum noch regen. Eine unbekannte Krankheit suchte die Schweine heim. Ein Sturm stieß die Yacht auf ein Riff. Der Maurer entwickelte einen Hass auf den Butler, und seine Tochter durfte nicht mehr zu ihrer Anstellung ins Gutshaus.

Aus dem Blauen heraus kam eine versteinerte, verknöcherte Bösartigkeit. Die Insel selbst schien bösartig. Wochenlang konnte sie gehässig sein, Schmerz zufügen. Dann plötzlich zeigte sie sich wieder von ihrer guten Seite, lieblich wie ein Morgen im Paradies, schön und harmonisch. Und dann spürten alle eine große Erleichterung in sich aufkommen, eine Hoffnung auf Glück.

Und wenn dann der Gutsherr innerlich aufblühte, geschah irgendein hässliches Unglück. Jemand schickte ihm einen anonymen Brief, in dem er jemand anderen auf der Insel beschuldigte. Ein anderer kam und ließ gehässige Andeutungen über jemanden aus der Dienerschaft fallen.

»Manche denken wohl, sie können sich hier draußen ein feines Leben machen, die sitzen wie die Made im Speck!«, schrie die Maurerstochter den weltgewandten Butler an, und zwar so, dass der Herr es hören musste. Er tat, als habe er es nicht gehört.

»Mein Mann sagt, die Insel hier muss eine von den mageren Kühen Ägyptens sein«, meinte die Frau des Hilfsburschen auf dem Bauernhof einmal zu einem Gast des Gutsherrn. »Die verschlingt das Geld in Massen, und man bekommt nie was dafür zurück.«

Die Menschen waren nicht zufrieden. Sie waren keine Inselfreunde. »Uns scheint, wir tun nicht das Rechte für unsere Kinder«, sagten diejenigen, die Kinder hatten. »Uns scheint, wir tun nicht das Rechte für uns selbst«, sagten diejenigen, die keine Kinder hatten. Und es dauerte nicht lange, bis die einzelnen Familien einander hassten.

Dabei war die Insel so wunderschön. Wenn der Duft von Geißblatt in der Luft lag, wenn das Mondlicht auf dem Meer glitzerte, spürten selbst die schlimmsten Verächter eine seltsame Zuneigung zu ihr. Man hatte Sehnsucht nach dieser Insel, flammende Sehnsucht; vielleicht nach der Vergangenheit, man wollte in die geheimnisvolle Vergangenheit der Insel eintauchen, als das Blut in den Leibern noch anders pochte. Seltsame Leidenschaften überkamen einen, seltsame, wilde Gelüste und Gewaltphantasien. Das Blut und die Leidenschaft und die Lust, wie die Insel sie gekannt hatte. Gespenstische Träume, Träume im Dämmerzustand, Sehnsüchte, die nur halb an die Oberfläche gelangten.

Der Herr selbst fürchtete sich allmählich ein wenig vor seiner Insel. Er spürte an diesem Ort in sich eine Gewalttätigkeit, die er nie zuvor gespürt, ein lüsternes Begehren, das er nie gekannt hatte. Inzwischen wusste er gut genug, dass die Bewohner seiner Insel ihn keineswegs liebten. Er wusste, dass sie insgeheim gegen ihn standen, dass sie hinterhältig, gehässig, neidisch waren und nur darauf warteten, ihn zu Fall zu bringen. Und er wurde genauso misstrauisch und verschlossen gegen sie.

Aber es war zu viel. Am Ende des zweiten Jahrs verließen mehrere Bewohner die Insel. Die Haushälterin ging. Wichtigtuerische Frauen bekamen die Vorwürfe des Herrn stets am meisten zu hören. Der Maurer verkündete, er lasse sich nicht länger herumkommandieren, und zog mitsamt seiner Familie fort. Der Landarbeiter mit dem Rheuma reiste ab.

Und dann kamen die Jahresrechnungen, der

Herr machte die Bücher. Trotz guter Ernte waren die Einkünfte lächerlich im Vergleich zu den Ausgaben. Wieder hatte die Insel Verlust gemacht, und zwar nicht Hunderte, sondern Tausende von Pfund. Es war unglaublich. Man konnte es einfach nicht begreifen. Wo war das ganze Geld geblieben?

Der Herr verbrachte finstere Nächte und Tage, saß in der Bibliothek und ging Rechnungen und Aufstellungen durch. Er war gründlich. Jetzt, wo sie fort war, stellte sich heraus, dass die Haushälterin ihn betrogen hatte. Vermutlich betrogen sie ihn alle. Aber die Vorstellung war ihm unangenehm, also dachte er nicht mehr daran.

Doch irgendwann war die Rechnung, die nicht aufgehen wollte, abgeschlossen, und er kam wieder ins Freie, bleich und hohläugig, er sah aus, als habe er einen Tritt in den Bauch bekommen. Es war erbärmlich. Aber das Geld war fort, da war nichts zu machen. Wieder ein großes Loch in seinem Vermögen. Wie konnten Menschen nur so herzlos sein?

So konnte es nicht weitergehen, das lag auf der Hand. Binnen Kurzem würde er bankrott sein. Zu seinem Bedauern musste er den Butler entlassen. Er wollte lieber nicht nachrechnen, um wie viel der Butler ihn betrogen hatte. Schließlich war er doch ein so wunderbarer Butler. Auch der Verwalter musste gehen. Ihn ließ der Herr ohne Bedauern ziehen. Die Verluste des Bauernhofs hatten ihn schon beinahe zermürbt.

Das dritte Jahr stand ganz im Zeichen strenger Sparmaßnahmen. Auch weiterhin blieb die Insel geheimnisvoll und faszinierend. Aber sie war auch verräterisch und grausam, auf eine unterschwellige, unergründliche Weise böswillig. So schön die weißen Blumen blühten, die Hasenglöckchen, so würdig und anmutig der Fingerhut seine rosaroten Kelche neigte, sie war der unerbittliche Feind.

Mit weniger Angestellten, weniger Lohn, weniger Gepränge verging das dritte Jahr. Aber der Kampf war aussichtslos. Noch immer verlor der

Bauernhof viel Geld. Und wieder blieb in dem, was an Kapital noch vorhanden war, ein Loch. Ein Loch in dem, was ja ohnehin nur noch ein schmaler Rand um die beiden anderen Löcher gewesen war. Auch in dieser Hinsicht war die Insel geheimnisvoll: Es war, als zöge sie einem das Geld geradewegs aus den Taschen, als wäre sie ein Krake mit acht unsichtbaren Armen, die aus jeder erdenklichen Richtung zugriffen.

Der Herr liebte sie noch immer. Doch nun war ein Hauch Verbitterung dabei.

So kam es, dass er in der zweiten Hälfte des vierten Jahres alles daransetzte, sie auf dem Festland zu verkaufen. Und er staunte, wie viel Mühe es machte, eine Insel loszuwerden. Er hatte geglaubt, alle sehnten sich danach, eine Insel wie die seine zu besitzen; aber das war ganz und gar nicht so. Keiner wollte ihm überhaupt etwas dafür geben. Und mittlerweile wollte er sie nur noch loswerden, wie ein Mann, der um jeden Preis eine Scheidung will.

Erst Mitte des fünften Jahres konnte er sie,

unter beträchtlichen finanziellen Verlusten, an einen Hotelunternehmer übergeben, der bereit war, in sie zu investieren. Er wollte ein günstig gelegenes Paradies für Flitterwöchner und Golfer daraus machen!

Das hast du nun davon, Insel, die du nicht begreifen wolltest, wann du es gut hattest! Soll doch eine Flitterwöchner-und-Golferinsel aus dir werden!

Die zweite Insel

Der Insulaner musste sich einen neuen Ort suchen. Aber er ging nicht aufs Festland. O nein! Er zog auf die kleinere Insel, die ihm nach wie vor gehörte. Und er nahm den treuen alten Zimmermann und dessen Frau mit, gerade die beiden, die er nie gemocht hatte; dazu eine Witwe und ihre Tochter, die ihm im letzten Jahr den Haushalt geführt hatten; und einen Waisenjungen als Helfer für den alten Mann.

Die kleine Insel war sehr klein; aber da sie als Hügel im Meer stand, war sie doch größer, als sie aussah. Es gab einen schmalen Pfad zwischen Felsen und Büschen, er wand sich mühsam bergauf und bergab über die Insel, sodass es doch zwanzig Minuten dauerte, sie zu umrunden; das war mehr, als man gedacht hätte.

Aber es war eine Insel. Der Insulaner zog mit

all seinen Büchern in das unscheinbare, sechs Zimmer große Haus, zu dem man von der felsigen Anlegestelle hinaufklettern musste. Außerdem gab es zwei Häuschen, Wand an Wand gebaut. In dem einen wohnte der alte Zimmermann mit seiner Frau und dem Jungen, in dem anderen die Witwe mit ihrer Tochter.

Endlich war alles bereit. Die Bücher des Herrn füllten zwei Zimmer. Es war schon Herbst, Orion stieg aus dem Meer. Und wenn die Nächte finster waren, dann konnte der Herr die Lichter auf seiner vormaligen Insel sehen, da wo das Hotel die ersten Gäste bewirtete, die den neuen Ferienort für Flitterwochen-Golfer bekannt machen sollten.

Auf seinem kleinen Felsrücken hingegen war der Herr immer noch Herr. Er erkundete alle Winkel, die wenigen Handbreit flachen Graslands, die niedrigen, steilen Klippen, wo noch die letzten Glockenblumen blühten und die Samenkapseln des Sommers braun über dem Meer standen, einsam und unberührt. Er spähte

in den alten Brunnen. Er besah sich den steiner-
nen Pferch, in dem einst das Schwein gehalten
wurde. Er selbst hielt sich eine Ziege.

Ja, es war eine Insel. Unablässig umspülte
und umbrandete die keltische See ihr graues Ge-
stein. Wie viele verschiedene Laute die See doch
hatte! – tiefes Tosen wie Donnergroll, manchmal ein Rumpeln, seltsame langgezogene Seuf-
zer und Pfeiflaute; dann Stimmen, wirkliche
Menschenstimmen wie auf einem Marktplatz,
doch unter Wasser; dann wieder aus der Ferne
Glockengeläut, tatsächlich eine Glocke, eindeu-
tig! – dann ein tremolierender Triller, sehr lang-
gezogen und beunruhigend, und als Unterton
ein heiseres Stöhnen.

Auf dieser Insel gab es keine Geister von
Menschen, keine Gespenster einer uralten
Rasse. Die See und der Schaum und der Wind
und das Wetter hatten sie alle davongespült,
fortgewaschen, sodass jetzt nur noch die Laute
der See selbst zu hören waren, ihr eigener Geist,
myriadenstimmig, Stimmen, die palaverten,

sich verschworen, die laut riefen den ganzen Winter lang. Und nur das Aroma der See, mit ein paar struppigen Ginsterbüschen dazu, groben Heidetupfern zwischen den grauen, klaren Felsen, in der grauen, noch klareren Luft. Das Kalte, das Graue, selbst der leise daherkriechende Nebel auf See! – und das Felseneiland ein Buckel dazwischen, wie der letzte Punkt in der Weite des Raums.

Sirius, der grüne Stern, stand über dem Horizont des Meers. Die Insel war ein Schatten. Draußen auf See winzig klein die Lichter eines Schiffs. Unten in der Felsenbucht lagen das Ruderboot und das Motorboot in Sicherheit. Die Küche des Zimmermanns war von einer Lampe erhellt. Das war alles.

Und natürlich noch das Licht, das im Haus brannte, wo die Witwe, mit ihrer Tochter zur Hilfe, das Abendessen bereitete. Der Insulaner kehrte zum Essen dorthin zurück. Hier war er nun nicht mehr der Herr, sondern einfach ein Inselbewohner, und hatte seinen Frieden.

Treuer als der alte Zimmermann, die Witwe und ihre Tochter hätte keiner sein können. Der alte Mann arbeitete, solange das Licht dazu reichte, denn er war ein leidenschaftlicher Arbeiter. Die Witwe und ihre stille, recht zart gebaute dreiunddreißigjährige Tochter arbeiteten für den Herrn, weil es ihnen Freude machte, ihn zu versorgen, und sie waren ihm unendlich dankbar dafür, dass er ihnen ein Zuhause gab. Aber sie sagten nicht »der Herr«. Sie nannten ihn bei seinem Namen: »Mr Cathcart, Sir!«, leise und ehrfürchtig. Und er antwortete ihnen ebenfalls leise, sanft; sie waren wie Menschen fernab von der Welt, die das kleinste Geräusch scheuten.

Jetzt war die Insel keine »Welt« mehr. Sie war eine Art Zuflucht. Der Insulaner kämpfte um nichts mehr. Er brauchte nichts. Es war, als wären er und seine wenigen Untergebenen eine kleine Schar Seevögel, die sich auf ihrer Reise durch den Raum auf diesem Felsen niedergelassen hatten und wortlos beieinanderblieben. Das still Geheimnisvolle von Zugvögeln.

Den Großteil der Tage verbrachte er in seinem Arbeitszimmer. Sein Buch gedieh. Die Witwentochter konnte das Manuskript für ihn auf der Maschine schreiben, sie war nicht ungebildet. Das war der eine fremdartige Ton auf dieser Insel, die Schreibmaschine. Aber bald fügte auch ihr Klappern sich in die Laute der See ein, in die des Winds.

Die Monate vergingen. Der Insulaner schrieb in seiner Stube, die Bewohner der Insel gingen still ihren Beschäftigungen nach. Die Ziege gebar ein Zicklein, schwarz mit gelben Augen. Im Meer gab es Makrelen. Der alte Mann fuhr mit dem Ruderboot zum Fischen aus, zusammen mit dem Jungen. Wenn das Wetter ruhig genug war, nahmen sie das Motorboot und fuhren zur größten der Inseln und holten die Post. Und sie brachten Vorräte mit, knauserten dabei mit jedem Penny. Und die Tage gingen vorüber, die Nächte, ohne Sehnsucht, ohne Öde.

Dass all sein Begehren so still in ihm geworden war, darüber konnte der Inselbewohner nur staunen. Er wünschte sich überhaupt nichts mehr. Seine Seele war endlich zur Ruhe gekommen, sein Geist war wie eine spärlich erleuchtete unterseeische Höhle, wo fremdartige Meeresgewächse in der See, die ihnen als Luft dient, gedeihen, leicht hin und her schwanken, und ein stummer Fisch schlüpft wie ein Schatten zwischen ihnen hindurch und ist wieder fort. Alles leise und sanft, kein Geschrei, und doch lebendig, so wie Seetang, wenn er noch verwurzelt ist, lebendig ist.

Der Insulaner sagte zu sich: »Ist das Glück?« Er sagte zu sich: »Anscheinend verwandle ich mich in einen Traum. Ich spüre nichts, oder ich weiß nicht, was ich spüre. Aber mir scheint, ich bin glücklich.«

Das Einzige, was er brauchte, war eine Beschäftigung für seinen Verstand. So verbrachte er lange, stille Stunden in seiner Studierstube, arbeitete nicht allzu schnell, nicht allzu ernsthaft, ließ die Sätze sanft dahinfließen wie schläfrige Spinnfäden. Er machte sich keine Sorgen mehr, ob das, was er da schrieb, gut war oder nicht. Langsam, leise spann er seine Fäden, und wenn es schließlich zerfließen würde, wie Spinnweb im Herbst zerfließt, dann würde ihm das nichts ausmachen. Die sanfte Vergänglichkeit von Spinnwebfäden schien ihm nun das Einzige, was Bestand hatte. Der Dunst der Ewigkeit fing sich darin. Gebäude aus Stein dagegen, Kathedralen etwa, schienen ihm geradezu schreiend vor vergänglichem Widerstand, wussten sie doch, dass sie am Ende fallen würden; die Anspannung ihres langen Ausharrens drang, so schien es ihm, aus ihnen heraus als ein unablässiger Schrei.

Manchmal fuhr er aufs Festland, in die große Stadt. Dann besuchte er, elegant im neuesten Stil gekleidet, auch seinen Club. Er nahm sich eine Theaterloge, er ging einkaufen in der Bond Street. Er sprach mit Verlegern über die Veröffentlichung seines Buchs. Aber in seinen Augen stand bei alldem der Spinnwebblick eines Mannes, der beim Wettrennen um den Fortschritt nicht mehr mitmacht; so glaubten die Stadtmenschen in ihrer Grobheit, sie hätten über ihn triumphiert, und er war froh, dass er auf seine Insel zurückkehren konnte.

Ihm war es gleichgültig, ob sein Buch je herauskam. Die Jahre verschmolzen zu einem sanften Nebel, nichts Drängendes war mehr darin. Der Frühling kam. Schlüsselblumen gab es auf seiner Insel keine, aber er fand einen Winterling. Es gab zwei gischtbesprühte kleine Schlehdornbüsche und einige Buschwindröschen. Er stellte eine Liste der Blumen auf seinem Eiland auf, versenkte sich ganz in diese Aufgabe. Er vermerkte einen wilden Johannisbeerstrauch und wartete auf die Blüten eines kümmerlichen Holunderbäumchens, dann auf die ersten gelben Ginstertupfen und die Heckenrosen. Lichtnelken, Orchideen, Jungferngras, Schellkraut, er war stolzer auf sie, als er es je auf einen Menschen auf seiner Insel gewesen wäre. Als er auf den Goldsteinbrech stieß, so unauffällig in einem feuchten Winkel, bückte er sich darüber wie in Trance; er hätte nicht sagen können, wie lange er dort so stand und ihn ansah. Dabei war er das Ansehen doch gar nicht wert. Das befand zumindest die Witwentochter, als er ihn ihr zeigte.

In geradezu triumphierendem Ton hatte er zu ihr gesagt:

»Heute Morgen habe ich den Goldsteinbrech entdeckt.«

Der Name klang großartig. Sie sah ihn an, mit faszinierten braunen Augen, in denen ein dumpfes Sehnen stand, das ihm ein wenig Angst machte.

»Tatsächlich, Sir? Ist es eine hübsche Blume?«

Er schürzte die Lippen, hob die Augenbrauen.

»Nun – nicht gerade auffällig. Ich zeige sie Ihnen, wenn Sie mögen.«

»Ich würde sie gern sehen.«

Sie war so still, so wehmütig. Aber er spürte in ihr eine Beharrlichkeit, die ihn beunruhigte. Da freue sie sich, sagte sie – freue sich sehr. Sie folgte ihm lautlos, wie ein Schatten, über den felsigen Pfad, der nirgends Platz genug für zwei nebeneinander bot. Er ging voran und konnte sie spüren, unmittelbar hinter sich, wie sie ihm so gehorsam folgte, doch mit begehrlichem Blick.

Aus einer Art Mitleid wurde er ihr Liebhaber – und merkte überhaupt nicht, in welchem Maße sie Macht über ihn gewonnen hatte und wie sehr dies *ihr* Werk war. Aber kaum war er ihr erlegen, stellte das ungute Gefühl sich ein, dass all das falsch war. Er spürte einen Widerwillen gegen sie, eine nervöse Anspannung. Er hatte das nicht gewollt. Und er hatte den Eindruck, dass auch sie, was die körperliche Seite anbetraf, es nicht gewollt hatte. Nur das Unwillkürliche in ihr hatte es gewollt. Er wandte sich ab und kletterte halsbrecherisch zu einem Felsgrat am Meer hinunter. Dort saß er stundenlang, blickte gequält aufs Meer und sagte sich elend: »Wir wollten es nicht. Im Grunde wollten wir es nicht.«

Es war das Unwillkürliche, Reflexhafte an der Sexualität, das wieder Macht über ihn bekommen hatte. Nicht dass ihm das Geschlechtliche zuwider gewesen wäre. Ihm schien es, wie den Chinesen, eines der großen Mysterien des Lebens. Aber es war mechanisch geworden, automatisch, und dem wollte er entgehen. Das Mechanische bedrückte ihn, es erfüllte ihn mit einer Art Tod. Er hatte geglaubt, er sei zu einer neuen Form von Ruhe gekommen, die kein Begehren mehr kannte. Vielleicht ließe sich jenseits davon eine neue, frische Zartheit des Begehrens finden, eine feinfühlige und empfindsame Beziehung zweier Menschen, die sich auf unberührtem Terrain neu begegneten.

Doch wie dem auch sein mochte, dies hier war nichts in dieser Art. Es war nichts Neues oder Frisches. Es war unwillkürlich, ein Reflex. Selbst sie, in ihrem wahren Inneren, hatte es nicht gewollt. Es war das Unwillkürliche in ihr.

Als er nach Hause kam, schon spät am Abend, und sah, wie bleich vor Furcht ihr Antlitz war, vor Angst, dass er nun einen Groll gegen sie hegte, tat sie ihm leid, und er sprach behutsam mit ihr, beschwichtigend. Aber er hielt Abstand.

Sie ließ sich nichts anmerken. Sie tat ihre häusliche Arbeit mit demselben Schweigen wie zuvor, demselben heimlichen Hunger danach, ihm zu Diensten, ihm nahe zu sein. Er spürte, wie ihre Liebe ihm folgte, mit einer eigentümlichen, beunruhigenden Beharrlichkeit. Sie forderte nichts. Doch wenn er ihr jetzt in die hellen, braunen, seltsam leeren Augen schaute, sah er darin die stumme Frage. Die Frage war geradewegs an ihn gerichtet, mit einer Kraft und Stärke, die er überhaupt nicht begriff.

Also gab er nach, forderte sie von Neuem auf.

»Nicht wenn Sie mich deswegen hassen«, sagte sie.

»Warum sollte ich das?«, gab er gereizt zurück. »Natürlich nicht.«

»Ich würde alles auf der Welt für Sie tun, das wissen Sie.«

Erst später in seiner Verbitterung fielen ihm ihre Worte wieder ein und machten ihn noch bitterer. Warum gab sie vor, es für ihn zu tun? Warum nicht für sich selbst? Aber in seiner Verbitterung ließ er sich immer weiter auf sie ein. Um eine Art Befriedigung zu erlangen, die er allerdings nie erlangte, gab er sich ihr ganz hin. Jeder auf der Insel wusste das. Aber er scherte sich nicht darum.

Dann verließ ihn auch das wenige noch, was er an Begehren gehabt hatte, und er fühlte sich nur noch niedergeschlagen. Er spürte, dass nur das Unwillkürliche in ihr ihn gewollt hatte. Jetzt war er niedergeschlagen und voller Verachtung gegen sich selbst. Seine Insel war besudelt, verdorben. Er hatte seinen Platz in den verfeinerten, begehrenlosen Sphären der Zeit verloren, zu denen er zuletzt aufgestiegen war, er war ganz auf das Alte zurückgefallen. Wäre es doch nur echtes, empfindsames Begehren zwischen ihnen beiden gewesen, eine empfindsame Begegnung an jenem dritten, verfeinerten Ort, an dem ein Mann und eine Frau sich begegnen können, wo sie der schwachen, zarten Krokusflamme des Begehrens in ihrem Inneren treu geblieben wären! Aber nichts dergleichen war es gewesen;

automatisch, ein Reflex, kein wahres Begehren, und so blieb er beschämt zurück.

Er ging von dem Eiland fort, auch wenn sie ihn stumm dafür tadelte. Und er wanderte über den Kontinent, suchte vergebens nach einem Ort, an dem er bleiben konnte. Er war aus dem Takt; er passte in die Welt nicht mehr hinein.

Ein Brief kam von Flora – sie hieß Flora –, in dem sie ihm schrieb, sie fürchte, sie erwarte ein Kind. Er setzte sich nieder, wie vom Schlag getroffen, und blieb lange so sitzen. Aber er schrieb ihr zurück: »Warum sich fürchten? Wenn es so ist, dann ist es so, und wir sollten uns eher freuen, als uns zu fürchten.«

Es ergab sich, dass gerade zu der Zeit Inseln versteigert wurden. Er holte die Landkarten hervor und studierte sie. Und auf der Auktion erwarb er für sehr wenig Geld eine weitere Insel. Sie war nur wenige Morgen groß, hoch im Norden am äußeren Rand der Inseln. Flach und felsig lag sie in dem großen Ozean. Kein Haus, nicht einmal ein Baum war darauf. Nur das Seegras des Nordens, ein Tümpel mit Regenwasser, ein paar Binsen, Fels und Seevögel. Sonst nichts. Beweint von dem nassen Himmel des Westens.

Er reiste dorthin, um seinen neuen Besitz in Augenschein zu nehmen. Tagelang war das Meer zu rau, er konnte sich ihr nicht einmal nähern. Aber dann, in einem leichten Nebel, der von See her kam, landete er und sah sie vor sich, dunstig, niedrig, dem Anschein nach groß. Aber dieser Anschein täuschte. Er schritt voran über den nassen, federnden Grasboden, und dunkelgraue Schafe ergriffen die Flucht vor ihm, heiser blökende Gespenster. Und er kam an den schwarzen Tümpel mit den Binsen. Dann weiter über das feuchte Land, zur grauen See, die wütend zwischen den Felsen wogte.

Das war nun wirklich eine Insel.

Und so fuhr er nach Hause zu Flora. Sie sah ihn ängstlich und schuldbewusst an, aber auch mit einem triumphalen Funkeln in ihren beunruhigenden Augen. Und wieder war er sanft zu ihr, er machte ihr Mut, ja er begehrte sie sogar wieder, mit jenem seltsamen Begehren, das fast wie ein Zahnschmerz ist. Und so nahm er sie mit aufs Festland, und sie schlossen die Ehe, da sie doch sein Kind unter dem Herzen trug.

Sie kehrten zurück zu der Insel. Nach wie vor brachte sie ihm die Mahlzeiten, mit ihren eigenen dazu. Sie setzte sich zu ihm und aß mit ihm. Er wollte es so. Die Mutter, die Witwe, blieb lieber in der Küche. Und Flora schlief im Gästezimmer seines Hauses, Herrin seines Hauses.

Sein Begehren, was immer es war, starb in ihm, eine Endgültigkeit, die ihn ekelte. Es würde noch Monate dauern, bis das Kind zur Welt kam. Seine Insel wurde ihm widerwärtig, vulgär, eine Vorstadt. Alles Vornehme an seiner Person war dahin. Die Wochen vergingen in einer Art Gefängnis, voller Demütigung. Trotzdem wollte er warten, bis das Kind geboren war. Aber er sann auf Flucht. Flora ahnte es nicht einmal.

Eine Amme wurde angestellt und aß mit ihnen. Der Arzt kam bisweilen vorbei, und wenn die See rau war, musste auch er bleiben. Bei einem Whisky wurde er lustig.

Sie hätten ein jung verheiratetes Paar in Golders Green sein können.

Endlich kam die Tochter zur Welt. Der Vater besah sich das Baby und war bedrückt, stärker beinahe, als er ertragen konnte. Er spürte den Mühlstein um seinen Hals. Aber er versuchte, sich seine Gefühle nicht anmerken zu lassen. Und Flora merkte nichts. Sie lächelte, als sie wieder zu Kräften kam, noch immer in einer Art einfältigem Glück. Dann sah sie ihn wieder mit ihren sehnsuchtsvollen, vielsagenden, immer ein wenig unverschämten Blicken an. Sie vergötterte ihn so sehr.

Das ertrug er nicht. Er sagte ihr, er müsse eine Zeit lang verreisen. Sie weinte, aber sie glaubte sich seiner sicher. Er erklärte ihr, er habe ihr den Großteil seines Vermögens überschrieben, und zählte ihr auf, was es an Einkommen abwerfen würde. Sie hörte kaum zu, sah ihn nur an mit ihren schweren, schwärmenden, unverschämten

Augen. Er gab ihr ein Scheckheft, in dem der Stand ihres Guthabens genau vermerkt war. Das weckte ihr Interesse. Und er sagte ihr, wenn sie der Insel überdrüssig werde, könne sie ihr Zuhause wählen, wo immer sie wolle.

Sie folgte ihm mit ihren schmerzvollen, beharrlichen braunen Augen, als er aufbrach, und ihre Tränen bemerkte er nicht einmal.

Er fuhr geradewegs nach Norden und machte seine dritte Insel bereit.

Die dritte Insel

Bald war die dritte Insel bewohnbar. Aus Zement und großen Steinen vom Strand mauerten zwei Männer ihm eine Hütte und deckten sie mit Wellblech. Ein Boot brachte ein Bett herüber, einen Tisch und drei Stühle, dazu einen stabilen Schrank und ein paar Bücher. Er legte einen Vorrat an Kohle, Petroleum und Lebensmitteln an – er brauchte so wenig.

Das Haus stand in der Bucht, in der er gelandet war, nahe dem flachen Kiesstrand, auf den er sein leichtes Boot zog. An einem sonnigen Augusttag segelten die Arbeiter davon und ließen ihn allein zurück. Die See war ruhig und blassblau. Am Horizont sah er den kleinen Postdampfer langsam nordwärts ziehen, wie ein Wanderer zog er dort entlang. Zweimal die Woche lief der Dampfer die äußeren Inseln an.

Bei ruhigem Wetter konnte er zu ihm hinaus-
rudern, wenn er etwas brauchte, und hinter seinem Häuschen hatte er eine Fahnenstange, an
der er dazu ein Signal aufzog.

Ein halbes Dutzend Schafe blieb noch auf
der Insel und leistete ihm Gesellschaft; und er
hatte eine Katze, die ihm um die Beine strich.
Solange die angenehmen Sonnentage des nörd-
lichen Herbsts anhielten, spazierte er zwischen
den Felsen, über das weiche Gras seines kleinen
Besitzes, und jeder Weg führte ihn an die uner-
müdliche, rastlose See. Er besah sich jedes Blatt,
das vielleicht anders als ein anderes sein mochte,
und schaute dem Seegras zu, wie die Brandung
es hin und her warf, immer wieder vor und zurück. Einen Baum, den er hätte betrachten können, hatte er nicht, nicht einmal ein Stückchen
Heide. Nur das Gras, die winzigen Pflanzen
darin, die Binsen beim Teich und das Seegras im
Ozean. Er war froh. Er brauchte keine Bäume
oder Büsche. Die standen da wie Menschen, viel
zu selbstsicher. Seine kahle, flache Insel mit-

ten im blassblauen Meer, das war alles, was er brauchte.

Er arbeitete nicht mehr an seinem Buch. Das Interesse daran war verflogen. Er saß gerne auf der kleinen Anhöhe seiner Insel und betrachtete die See, nichts als die blasse, stille See. Es gefiel ihm, wenn sein Verstand verschwamm, zerfloss wie der dunstige Ozean. Manchmal sah er, wie ein Trugbild, Land, das sich weiter nordwärts erhob. Dort lag noch eine große Insel. Aber sie nahm nie Gestalt an.

Bald schon erschrak er beinahe, wenn er den Dampfer am Horizont herankommen sah, das Herz zog sich ihm vor Furcht zusammen, dass er anhalten, ihm etwas anhaben könnte. Ängstlich sah er ihm nach, und erst wenn er außer Sicht war, atmete er wirklich auf, fühlte sich wieder ganz als er selbst. Es war grausam, diese Anspannung, wenn Menschen sich näherten. Er wollte nicht, dass jemand sich näherte. Er wollte keine Stimmen hören. Der Klang seiner eigenen Stimme schockierte ihn, wenn er unwillentlich etwas zur Katze sagte. Dann machte er sich Vorwürfe, dass er die große Stille gebrochen hatte. Es störte ihn schon, wenn die Katze zu ihm aufsah und miaute, leise, klagend. Er sah sie böse an. Und sie begriff. Sie verwilderte immer mehr, trieb sich zwischen den Felsen umher, vielleicht fing sie Fische.

Am meisten missfiel ihm, wenn eins der zottigen Schafe das Maul aufmachte und sein heiseres, raues »Baa« ausstieß. Dann sah er es an, und es kam ihm hässlich und grob vor. Nach und nach wurden die Schafe ihm sehr zuwider.

Er wollte nichts als die flüsternden Laute der See hören, die scharfen Schreie der Möwen, Schreie, die aus einer anderen Welt zu ihm herüberdrangen. Und am besten war die große Stille.

Er beschloss, sich der Schafe zu entledigen, wenn das Boot kam. Inzwischen waren sie an ihn gewöhnt, sie standen da und starrten ihn mit ihren gelben oder farblosen Augen an, mit einer Unverschämtheit, die schon beinahe Verachtung, ein Auslachen war. Etwas unterschwellig Anstößiges war an ihnen. Sie waren ihm sehr zuwider. Und wenn sie mit Stakkatosprüngen von den Felsen sprangen, machten die Hufe bei der Landung einen dumpfen Laut, die Wolle schwappte auf ihren breiten Rücken – er fand sie abstoßend, erniedrigend.

Das schöne Wetter verging, und nun regnete es den ganzen Tag. Oft lag er auf seinem Bett, lauschte, wie das Wasser von seinem Dach in das Wasserfass aus Zink lief, sah durch die offene Tür dem Regen zu, betrachtete die schwarzen Felsen, hinter denen sich die See verbarg. Zahlreiche Möwen waren nun auf der Insel, viele verschiedene Seevögel. Das Leben hatte sich verändert. Vogelarten, die er noch nie gesehen hatte. Sein alter Drang packte ihn wieder, ein Buch kommen zu lassen, ihre Namen herauszufinden. In einem Aufflackern seiner alten Leidenschaft, alles, was er sah, beim Namen zu kennen, beschloss er sogar, zum Dampfer hinauszurudern. Die Namen dieser Vögel! – die

Namen musste er wissen, sonst kannte er sie nicht, sonst waren sie nicht ganz lebendig für ihn.

Aber der Wunsch verging wieder, und er sah den Vögeln nun nur noch zu, wie sie ihre Kreise zogen, um ihn her spazierten, betrachtete sie mit trägem, gleichgültigem Blick. Alles Interesse war aus ihm gewichen. Allerdings gab es da eine Möwe, einen kräftigen, stattlichen Burschen, der vor der offenstehenden Tür der Hütte auf und ab ging, auf und ab, als habe er dort eine Mission zu erfüllen. Es war ein großer Vogel, perlgrau, so glatt und rund und schön wie eine Perle. Nur bei geschlossenen Flügeln sah man die schwarzen Spitzen, und auf den dunklen Federn bildeten drei auffällige weiße Punkte ein Muster. Der Insulaner überlegte lange, wozu bei einem Vogel aus fernen, kalten Meeren eine solche Zier wohl da war. Und als der Vogel auf und ab spazierte, auf und ab vor der Hütte, daherstolzierte auf dunkel goldfarbenen Füßen, den blassgelben, an der Spitze gerundeten Schnabel mit einer eigenartigen, fremd wirkenden Wichtigkeit in die Höhe gereckt, grübelte der Mann über ihn nach. Er war ein Vorzeichen, er bedeutete etwas.

Dann kam der Vogel nicht mehr. Die Insel, die voller Seevögel gewesen war, erfüllt vom Blitzen der Flügel, dem Flattern und den gespenstisch schrillen Schreien in der Luft, war nun wieder einsam wie zuvor. Jetzt saßen sie nicht mehr wie lebendige Eier auf den Felsen und im Gras, wo sie die Hälse gereckt hatten und, selbst um seine Füße her, kaum einmal aufgeflogen waren. Jetzt spazierten sie nicht mehr zwischen den Schafen durch das Gras, machten keine Hüpfer mit gespreizten Flügeln mehr. Die meisten waren fort. Einige blieben allerdings, sie waren immer da.

Die Tage wurden kürzer, die Welt gespenstisch. Eines Tages kam das Boot; plötzlich war es da, wie ein Überfall. Für den Inselbewohner waren die beiden Männer Eindringlinge. Es war eine Qual, mit ihnen zu reden, in ihren groben, plumpen Kleidern. Die Vertraulichkeit ihres Umgangstons fand er ausgesprochen abstoßend. Er selbst war gut gekleidet, seine Hütte war ordentlich und rein. Ihm widerstrebte alles Aufdringliche, ja die täppische Schlichtheit, die Schwerfälligkeit dieser beiden Fischer stieß ihn ab.

Die Briefe, die sie mitgebracht hatten, legte er ungeöffnet in ein Kästchen. Einer davon enthielt sein Geld. Doch selbst den mochte er nicht öffnen. Jeder Kontakt war ihm zuwider. Schon seinen Namen auf dem Umschlag zu lesen. Er verbarg die Briefe, da, wo er sie nicht sah.

Und das Durcheinander, der Schrecken, als sie die Schafe fingen und verschnürten und auf das Schiff luden, erfüllten ihn mit einer tiefen Verachtung für alle Geschöpfe auf Erden. Was für ein widerwärtiger Gott war das, der sich die Tiere ausgedacht hatte und übelriechende Männer? Für seine Nase rochen die Fischer genauso schlecht wie die Schafe; etwas Unreines, das die frische Erde verdarb.

Seine Nerven lagen noch immer blank, als das Schiff endlich Segel setzte und davonglitt, über die stille See. Und noch Tage später fuhr er manchmal angewidert zusammen, weil ihm war, als habe er käuende Schafe gehört.

Die trüben Tage des Winters zogen sich hin. Manchmal wurde es gar nicht ganz hell. Er fühlte sich krank, als löse er sich auf, als hätte die Auflösung in seinem Inneren bereits begonnen. Alles war Dämmerung, draußen und in seinem Verstand und in seiner Seele. Einmal trat er an die Tür und sah die schwarzen Köpfe von Menschen, die dort in seiner Bucht schwammen. Einen Augenblick lang schwanden ihm die Sinne. Es war das Entsetzen, das Grauen darüber, dass sich so unerwartet Menschen näherten. Das Grauen in der Dämmerung! Und erst als das Entsetzen seinen Körper schon überwältigt hatte, ging ihm auf, dass die schwarzen Köpfe die Köpfe von Seehunden waren, die in die Bucht kamen. Mit Übelkeit spürte er die Erleichterung. Aber er war kaum noch bei Bewusstsein, nach dem Schock. Später setzte er sich wieder auf und weinte vor Dankbarkeit, weil es keine Menschen waren. Aber er merkte gar nicht, dass er weinte. Sein Verstand war zu trübe. Wie ein fremdartiges, ätherisches Geschöpf merkte er gar nicht mehr, was er tat.

Die einzige Befriedigung, die er noch kannte, war diejenige allein zu sein, vollkommen allein, den Raum um sich her in seinen Körper aufzunehmen. Die graue See allein, und der Felsengrund seiner seeumspülten Insel. Nichts anderes mehr. Nichts Menschliches mehr, das ihn mit seinem Entsetzen hätte überziehen können. Nur der Raum, der feuchte, halbdunkle, seeumspülte Raum! Das war das Brot seiner Seele.

Deshalb war er am glücklichsten, wenn Sturm herrschte oder die Wogen hoch schlugen. Dann konnte nichts an ihn heran. Nichts konnte aus der äußeren Welt zu ihm herüberkommen. Gewiss, unter der schrecklichen Gewalt des Windes litt er sehr. Doch zugleich blies er für ihn die Welt vollkommen davon. Am meisten mochte er die See, wenn sie toste und wogte. Dann konnte kein Boot an ihn heran. Es war, als habe er einen Schutzwall rings um seine Insel, für alle Zeit.

Er achtete nicht mehr auf den Lauf der Zeit und kam nicht mehr auf den Gedanken, ein Buch aufzuschlagen. Das Gedruckte, die gedruckten Buchstaben, so ähnlich der Verderbtheit des gesprochenen Wortes, kamen ihm obszön vor. Er riss das Messingschild von seinem Petroleumkocher ab. Er tilgte jede Spur von Schrift in seiner Hütte.

Seine Katze war verschwunden. Er war eher froh darüber. Ihm schauderte bei ihrem hohlen, aufdringlichen Ruf. Sie hatte im Kohlenschuppen gewohnt. Jeden Morgen hatte er ihr einen Teller Porridge hingestellt, vom selben, den auch er aß. Den Teller spülte er mit Abscheu. Er mochte es nicht, wie sie sich an ihm rieb. Aber er fütterte sie gewissenhaft. Dann eines Tages kam sie nicht, um ihren Porridge zu fordern; sie hatte immer danach gemaunzt. Sie kam nicht mehr zurück.

Er strich über seine Insel, in einem großen Ölzeugmantel, aber er wusste nicht mehr, was er da ansah oder weswegen er hinausging. Die Zeit war zum Stillstand gekommen. Lange stand er dann einfach nur da, starrte mit seinem weißen, scharf umrissenen Gesicht, mit seinen aufmerksamen, wie weit entfernten blauen Augen, starrte angespannt, beinahe grausam, auf die schwarze See hinaus, unter dem schwarzen Himmel. Und wenn er das windgepeitschte Segel eines Fischerboots weit draußen auf dem kalten Wasser sah, zeigte sich kurz ein seltsamer, bösartiger Zorn auf seinen Zügen.

Manchmal war er krank. Er wusste, dass er krank war, weil er beim Gehen schwankte und leicht stürzte. Dann hielt er inne und überlegte, was es sein mochte. Er ging zu seinen Vorräten, holte Milch- und Malzpulver hervor und aß. Dann vergaß er es wieder. Er nahm seine eigenen Empfindungen nicht mehr wahr.

Allmählich wurden die Tage länger. Den ganzen Winter über war das Wetter recht mild gewesen, allerdings mit viel Regen, viel Regen. Er hatte vergessen, was die Sonne war. Doch mit einem Mal war die Luft eisig, er zitterte vor Kälte. Angst packte ihn. Der Himmel war gleichmäßig grau, nachts zeigte sich kein einziger Stern. Die Kälte war gewaltig. Mehr Vögel stellten sich ein. Frost überzog die Insel. Mit zitternden Fingern machte er ein Feuer in seinem Kamin. Die Kälte schreckte ihn.

Und so ging es nun weiter, Tag für Tag, eine stumpfe, tödliche Kälte. Manchmal waren einzelne Schneekörnchen in der Luft. Die Tage waren länger grau, aber die Kälte blieb. Gefrorenes graues Tageslicht. Die Vögel verschwanden, flogen fort. Einige blieben erfroren liegen. Es war, als schwinde sämtliches Leben, als zöge es sich aus dem Norden zurück, in Richtung Süden. »Bald«, sagte er sich, »wird alles fort sein und ringsum nichts mehr am Leben.« Er spürte eine grausame Befriedigung bei diesem Gedanken.

Dann, eines Nachts, anscheinend eine Erleichterung: Er schlief besser, bebte nicht halb wach am ganzen Körper, wälzte sich nicht, halb ohnmächtig, so sehr wie sonst. Er war so sehr daran gewöhnt, dass sein Leib sich wand und zitterte, dass er es kaum noch bemerkte. Aber wenn es einmal nicht so war, das fiel ihm auf.

Am Morgen erwachte er, und die Welt war seltsam weiß geworden. Vom Fenster her kam nur gedämpftes Licht. Es hatte geschneit. Er stand auf und öffnete die Tür und erschauderte. Puh, war das kalt! Alles weiß, mit bleidunkler See, und schwarze Felsen seltsam weiß besprenkelt. Der Schaum der Wellenkronen schien schmutzig. Leichenweiß lag das Land da, und die See nagte daran. Schneegriesel gingen nieder, langsam in der toten Luft.

Auf dem Boden lag der Schnee einen Fuß hoch, weiß und glatt und weich in der Windstille. Er griff zur Schaufel, um den Schnee rund um Haus und Schuppen zu räumen. Der bleiche Morgen verdüsterte sich. Seltsam grollte von weit her der Donner durch die Frostluft, und durch den nun wieder fallenden Schnee zuckte schwach ein Blitz auf. Beständig fiel der Schnee, reglos verschwand die Welt.

Er ging ein paar Minuten lang nach draußen. Aber es war schwierig. Er stolperte und fiel in den Schnee, ein Brennen im Gesicht. Schwach, halb ohnmächtig schleppte er sich wieder in die Hütte. Und als er sich erholt hatte, nahm er die Mühe auf sich und machte sich heiße Milch.

Es schneite die ganze Zeit. Am Nachmittag kam noch einmal dumpfes Donnergrollen, rötlich flackerten Blitze durch den fallenden Schnee. Beklommen ging er zu Bett, lag da und starrte das Nichts an.

Es wollte einfach nicht Morgen werden. Eine Ewigkeit lag er so und wartete, dass auch nur eine Spur Helligkeit die Nacht vertrieb. Und schließlich war ihm, als spüre er einen Schimmer. Sein Haus war eine Zelle, schwach erleuchtet von weißem Licht. Jetzt begriff er, dass sein Fenster vom Schnee verweht war. Er stand auf, in eisiger Kälte. Er öffnete die Tür, und dicht gepackter Schnee versperrte ihm den Weg; er reichte ihm bis zur Brust. Als er sich vorbeugte, spürte er das langsame Wehen des eisigen Winds, sah, wie der Pulverschnee aufflog und daherzog wie ein Leichenzug. Die schwarze See stockte und stampfte, schien nach dem Schnee zu beißen, machtlos. Der Himmel war grau, aber er leuchtete.

Er arbeitete wie besessen in dem Versuch, zu seinem Boot zu gelangen. Wenn er eingesperrt sein sollte, dann musste es nach seinem eigenen Willen sein, nicht durch das blinde Wirken der Elemente. Er musste ans Meer. Er musste in der Lage sein, zu seinem Boot zu kommen.

Aber er war schwach, und manchmal überwältigte ihn der Schnee. Er begrub ihn unter sich, und dann blieb er reglos liegen. Doch jedesmal kämpfte er sich zurück ins Leben, bevor es zu spät war, und stürzte sich wieder auf den Schnee mit der Kraft des Fiebers. Er war erschöpft, aber er gab nicht auf. Er kroch nach drinnen, machte Kaffee, briet Speck. Es war schon lange her, dass er so viel gekocht hatte. Dann nahm er den Kampf gegen den Schnee wieder auf. Er musste diesen Schnee bezwingen, diese neue, weiße, brutale Macht, die sich ihm geballt entgegenstemmte.

Er arbeitete in dem grässlichen, schneidenden Wind, schob den Schnee zur Seite, drückte ihn mit der Schaufel zusammen. Es war eiskalt in dem Wind, sogar noch als eine Zeit lang die Sonne hervorkam und ihm seine weiße, leblose Umgebung zeigte, das Meer, das sich schwarz und schwer daherwälzte, mit stumpfen Schaumkronen darauf bis an den fernen Horizont. Aber auf seinem Gesicht spürte er die Sonne. Es war März.

Er langte beim Boot an. Er wischte den Schnee ab, dann setzte er sich leeseits auf den Boden, betrachtete die See, die jetzt bei Flut bis fast zu seinen Füßen heraufkam. Seltsam natürlich sahen die Kiesel aus, in einer Welt, die ansonsten ganz ins Unheimliche verwandelt war. Die Sonne schien nicht mehr. Schnee fiel in harten Körnern, die wie von Zauberhand verschwanden, wenn sie auf die harte Schwärze der See stießen. Heiser zischten die Wellen auf dem Kiesstand, spülten hoch bis zum Schnee. Die nassen Felsen waren von einem abstoßenden Schwarz. Und die ganze Zeit traf die Myriade tanzender Schneekörner auf das dunkle Wasser und verschwand.

In der Nacht kam ein schwerer Sturm. Ihm war, als könne er hören, wie die gewaltigen Schneemassen auf die ganze Welt niedergingen, ein unablässiger dumpfer Ton; und über dem allen brüllte der Wind, in seltsamen hohlen Stößen, und dazwischen wie durch verbundene Augen die Blitze, dann das tiefe Grollen des Donners, noch mächtiger als der Wind. Als endlich ein weißer Schimmer die Schwärze der Nacht durchbrach, war das Unwetter mehr oder weniger vorüber, doch ein gleichmäßiger Wind blies weiter. Der Schnee reichte bis zur Oberkante seiner Tür.

Mürrisch machte er sich daran, sich freizugraben. Und durch schiere Beharrlichkeit kam er tatsächlich ins Freie. Vor sich hatte er eine gewaltige Schneewehe, riesenhoch. Als er dort hindurch war, lag der hartgefrorene Schnee nur noch zwei Fuß hoch. Aber seine Insel war nicht mehr da. Sie hatte eine vollkommen andere Gestalt angenommen, große weiße Hügel ragten auf, wo es vorher keine Hügel gegeben hatte, unzugänglich, und sie qualmten wie Vulkane, nur dass der Qualm Pulverschnee war. Ihm schwindelte von dem Anblick, er überwältigte ihn.

Sein Boot steckte in einer weiteren, kleineren Schneewehe. Aber er hatte nicht die Kraft, es freizuräumen. Hilflos betrachtete er es. Die Schaufel fiel ihm aus der Hand, und er sank in den Schnee, er wollte vergessen. Aus dem Schnee selbst klang das Tosen des Meers.

Irgendwie kam er zu sich. Er kroch zum Haus. Sein Körper war fast taub. Trotzdem gelang es ihm, sich wieder warm zu machen, jedenfalls den Teil von ihm, der im Schneeschlaf über das Kohlenfeuer gebückt lag. Noch einmal machte er sich heiße Milch. Danach schichtete er sorgsam Holz für das Feuer auf.

Der Wind ließ nach. War es von Neuem Nacht? Ihm war, als könne er in der Stille den Schnee fallen hören, er fiel bis in alle Ewigkeit, leise wie ein Panther. Das Rumpeln des Donners war näher gekommen, kam nun direkt nach dem rötlich verwischten Blitz. Er lag im Bett in einer Art Starre. Die Elemente! Die Elemente! Dumpf drehte sein Verstand dieses Wort um und um. Man hat keine Chance gegen die Elemente.

Er hätte nicht sagen können, wie lange das so ging. Einmal huschte er gespenstergleich nach draußen und stieg auf einen weißen Hügel seiner Insel, einer Insel, die nicht mehr wiederzuerkennen war. Die Sonne brannte heiß. »Es ist Sommer«, sagte er sich, »die Zeit der grünen Blätter.« Unverständig besah er sich all das Weiß seiner fremden Insel, die Ödnis der leblosen See. Er machte sich vor, er sähe ein Segel blitzen. Denn er wusste nur zu gut, dass es in diesem Nichts von See nie wieder ein Segel geben würde.

Als er aufblickte, verdunkelte der Himmel sich geheimnisvoll, es wurde kalt. Aus der Ferne kam das Murmeln des unersättlichen Donners, und er wusste, das war das Zeichen des Schnees, der sich übers Meer heranwälzte. Er wandte sich um, und da spürte er schon seinen Atem.

Thierry Gillybœuf

Eine Insel ganz für sich

Geschrieben wurde *Der Mann, der Inseln liebte* 1926, also vier Jahre vor dem Tod von D. H. Lawrence, der diese Erzählung besonders liebte. David Ellis betrachtet sie als »die philosophischste Erzählung, die Lawrence je geschrieben hat«. Zu Cathcart, der Hauptfigur, einem Mann, der desillusioniert von einer Insel auf die andere wechselt, dürfte Lawrence durch seinen Freund Compton Mackenzie inspiriert worden sein, der von 1913 bis 1920 auf Capri gelebt hatte, bevor er die Kanalinseln Herm und Jethou pachtete. Wegen finanzieller Schwierigkeiten sah er sich gezwungen, erstere aufzugeben und sich 1923 auf letzterer niederzulassen, die kleiner war. Zwei Jahre später pachtete er die unbewohnten Shiant Islands, die zu den Äußeren Hebriden vor der Küste Schottlands gehören. Statt dort zu wohnen, ließ er sich aber ein

Häuschen auf der nahe gelegenen Insel Barra bauen, wo er dann auch begraben wurde.

Die Stärke der Erzählung liegt jedoch nicht in diesem biographischen Bezug, sondern in ihrer eminenten symbolischen Bedeutung, die aufs Innigste verbunden ist mit dem Werdegang von D. H. Lawrence selbst, der wie sein Antiheld, ein moderner und freiwilliger Robinson Crusoe, besessen war von der utopischen Vorstellung einer geistigen Insel, auf der er leben könnte.

Aber wie Cathcart gelang es Lawrence nie, diese ideale Insel zu entdecken, die man wohl nur in seinem Inneren finden kann. Capri war von Expats überlaufen, und auf Ceylon machte die Hitze das Leben unerträglich. Sein Aufenthalt auf Sardinien, den er in *Sea and Sardinia* (1921; *Das Meer und Sardinien*) beschrieb, kommt einem wie der gescheiterte Versuch einer Rückkehr zum einfachen Leben vor. Und als er nach einem fünfmonatigen Aufenthalt in Australien 1922 mit dem Gedanken spielt, wie Stevenson in der Südsee zu leben, finden vor seinen Augen die Cookinseln so wenig Gnade wie Tahiti. Anders als manche seiner Zeitgenossen drängt es ihn nicht dazu, die ursprüngliche Unschuld der Eingeborenen dieser Inseln zu erlangen: »Wir können nicht zurückgehen. Auf jeder Insel der südlichen Halbkugel ist man uns gegenüber um Jahrhunderte im Rückstand, was den Kampf ums Dasein, den Kampf ums Bewusstsein und den Kampf der Seele mit dem Überfluss betrifft.«

Denn im Gegensatz zu Gauguin oder John Millington Synge ist die ideale Insel für Lawrence weder von exotischer noch ästhetischer, sondern vor allem von metaphorischer Bedeutung: Sie ist der geistige Raum einer Utopie fern der von der Moderne verdorbenen Welt. Das ist wohl auch der Grund, warum Lawrence die geografische Suche nach dieser Insel aufgab und sich stattdessen vornahm, an verschiedenen Orten von Florida bis Connecticut, von Cornwall bis Oxfordshire Künstlerkolonien zu schaffen. Die erste taufte er auf den hebräischen Namen Rananim; aber zehn Jahre nach dem Scheitern von Rananim im Jahr 1915 spricht er bestimmt nicht zufällig nur noch von seiner »Insel«. Nachdem er die sozialistischen und intellektuellen Ideale, die das Fundament seines Experiments gebildet hatten, aufgegeben hat, stellt sie weniger den Keim der Erneuerung als eine Zuflucht vor der verdorbenen Gesellschaft dar, das Refugium von Lawrence' tiefem Menschenhass, der durch den Weltkrieg nur noch verschärft worden war und den er im Brief an einen Freund als »Androphobie« bezeichnete:

»Androphobie. Wenn ich in der Ferne Leute über den Weg gehen sehe, der durch die Felder bis Zennor führt, möchte ich mich am liebsten in die Büsche schlagen und von dort aus lautlos unsichtbare, aber tödliche Pfeile auf sie abschießen.«

Der Mann, der Inseln liebte ist dreigeteilt wie eine Parabel oder eine Fabel. Und Lawrence gestand einmal, dass der symbolische Wert der Zahl Drei ihn fasziniere, denn er sah in der Dreifaltigkeit eine Möglichkeit, dem binären Gegensatz von Vater und Sohn, von Geist und Sinnen, Ich und Nicht-Ich, ein Ende zu setzen. Man kann die Erzählung deshalb auch als Allegorie seines Hinundhergerissenseins zwischen drei für ihn bestehenden Idealzuständen sehen: Gemeinschaft, Ehe und Unabhängigkeit.

Auf der ersten Insel gibt es ein Gutshaus, ein paar bewohnte Häuschen und Tiere. Cathcart ist dort »der Herr«, der von seinen Leuten geschätzt wird für seine landwirtschaftlichen Bemühungen, danach aber von denselben Leuten auch etwas verachtet wird, weil sich die Insel als Fass ohne Boden erweist. Er zieht deshalb auf die zweite, kleinere Insel, wo er in einem unscheinbaren Haus mit entsprechend reduziertem Personal lebt und an seinem Buch über Pflanzen arbeitet. Aber dieses Dasein erscheint ihm schon bald so kompliziert, dass er es kaum noch ertragen kann, insbesondere als seine junge Geliebte Flora schwanger wird und ein Töchterchen gebärt. Wieder muss er flüchten, und er lässt sich nieder auf einem bloßen Felsen inmitten des Meers, mit einer Wellblechhütte, ein paar Schafen und einer Katze. Doch sogar die Anwesenheit der Tiere wird ihm schließlich beschwerlich. Er verkauft die Schafe und ist nicht unzufrieden, als er feststellt, dass die Katze verschwunden ist. Jetzt kann der Winter kommen, und Cathcart, der gegen Glück und Unglück gleichgültig geworden zu sein scheint, erreicht endlich die von ihm angestrebte vollkommene Einfachheit im Tod, dessen Hauch ihn umweht, als der Schnee wie ein Leichentuch auf das Meer fällt.

Eine lacanianische Lesart der Erzählung hebt den

regressiven Aspekt dieser Suche nach Isolation hervor, die Cathcart, ein fast zu offensichtliches Alter Ego von Lawrence, betreibt. Danach bedeutet die erste Insel die Ablehnung des Reichs des Symbolischen, dargestellt durch Gesetz und öffentliche Meinung. Auf der zweiten wird das Reich des Imaginären erforscht durch Cathcarts schriftstellerische Tätigkeit und seine sexuelle Beziehung zu Flora. Und die dritte Insel steht für seine Begegnung mit dem Realen, die sich durch den unbewussten Drang, in den Mutterleib zurückzukehren, äußert und logischerweise nur im Tod Erfüllung finden kann.

Mithin ist Cathcart weniger ein moderner Robinson als ein Erbe von Don Quijote, dessen Suche nach einem imaginären Inselparadies durch den Kontakt mit Menschen zwangsläufig zunichtegemacht wird. Denn auch wenn, wie Lawrence schreibt, »sogar Inseln gern Gesellschaft haben«, bleibt eine Insel dennoch das Inbild jener ontologischen Einsamkeit, auf die das menschliche Dasein letztlich hinausläuft. Mit seinen 1923 erschienenen *Studies in Classic American Literature (Der Untergang der Pequod. Studien zur klassischen amerika-*

nischen Literatur) gehörte Lawrence zu den Entdeckern Herman Melvilles, dem er in diesem Pionierwerk zwei bewundernswerte Kapitel widmete. Vielleicht erinnerte er sich drei Jahre später beim Schreiben von *Der Mann, der Inseln liebte* an folgende Passage aus *Moby-Dick*: »Denn wie das blühende Land rings von dem grausigen Ozean umschlossen ist, so liegt in der Menschenbrust ein Tahiti, friedvolles, seliges Eiland – doch umwogt von allen Schrecken des nur dunkel bewussten Lebens.«

Aus dem Französischen von Thomas Bodmer

KAMPA ⌂ POCKET

Aldo Leopold
Wenn ich der Wind wäre

Auszüge aus *A Sand County Almanac*
Zusammengestellt von Aleksia Sidney

Ein Evergreen, eines der schönsten Bücher über die Natur –
und über den Menschen, der sie braucht für sein Glück

Während in Europa der Zweite Weltkrieg tobt, schreibt der
US-amerikanische Forstwissenschaftler und Umweltethiker Aldo
Leopold über die Wälder von Arizona, Oregon und Manitoba, wo
er Flora und Fauna erkundet hat und den Einfluss menschlichen
Handelns auf die Natur. Er erinnert sich an die magischen Tänze
der Waldschnepfen, sinniert über die Trunkenheit des Windes,
wundert sich über die Sprache der Bäume und über ihr Gedächt-
nis, beschreibt Gemälde, die der Wisconsin River an manchen
Sommermorgen malt, und Felsenblümchen, die kleinsten Blumen der Welt. Selten wurde so sinnlich über die Natur geschrieben, wurde in so knappen, eindringlichen Worten so viel über die
wichtigen Dinge des Lebens gesagt. 1949, ein Jahr nach Leopolds
Tod und ein Jahrhundert nach Thoreaus *Walden* erschienen, ist
A Sand County Almanac, aus dem dieser Band eine Auswahl
bietet, längst nicht nur ein Klassiker des *nature writing* und ein
Grundlagentext der Umweltschutzbewegung, sondern vor allem,
so Literaturnobelpreisträger Jean-Marie Gustave Le Clézio, ein
Brevier für alle, die nach einem ausgeglichenen Leben streben.

»Stellen Sie dieses Buch in Ihrem
Bücherregal neben Thoreau und John Muir.«
San Francisco Chronicle

Wenn Ihnen dieses KAMPA POCKET
gefallen hat, gefällt Ihnen vielleicht auch der
Lesetipp auf der gegenüberliegenden Seite.

Schicken Sie uns bitte Ihren LIEBLINGSSATZ
aus einem Kampa Pocket, bei einer Veröffentlichung auf unseren Social-Media-Kanälen
bedanken wir uns mit einem Buchgeschenk:
lieblingssatz@kampaverlag.ch